U0146912

镜花缘 下

[清] 李汝珍 著

陈冬至 绘图·江涓 改编

浙江人民美术出版社

图书在版编目（CIP）数据

镜花缘. 下 / （清）李汝珍著 ；陈冬至绘图 ；江涓
改编. —— 杭州 ：浙江人民美术出版社，2019.5
ISBN 978-7-5340-7109-6

Ⅰ. ①镜… Ⅱ. ①李… ②陈… ③江… Ⅲ. ①连环画
−中国−现代 Ⅳ. ①J228.4

中国版本图书馆CIP数据核字(2018)第244121号

责任编辑　雷　芳　邓秀丽
装帧设计　毛勇梅　朱　珺　李媛媛　何亚婧
责任校对　余雅汝
责任印制　陈柏荣

镜花缘

[清]李汝珍 著　陈冬至 绘图　江 涓 改编

出版发行　浙江人民美术出版社
地　　址　杭州市体育场路347号
电　　话　0571-85176089
网　　址　http://mss.zjcb.com
经　　销　全国各地新华书店
制　　版　杭州新海得宝图文制作有限公司
印　　刷　浙江新华数码印务有限公司
开　　本　787mm×1092mm　1/32
印　　张　7.375
字　　数　95千字
版　　次　2019年5月第1版·2019年5月第1次印刷
书　　号　ISBN 978-7-5340-7109-6
定　　价　88.00元（全二册）
如发现印装质量问题，影响阅读，请与本社市场营销部联系调换。

《镜花缘》故事梗概

　　《镜花缘》是清代文人李汝珍的代表作品。小说前半部分写了唐敖、多九公、林之洋等人乘船在海外游历经商的故事，包括他们在黑齿国、君子国、女儿国等众多奇异国的经历。后半部分写了武则天科举选才女，由百花仙子托生的唐小山及其他各花仙子托生的一百位才女考中，并在朝中有所作为的故事。本连环画版改编绘制的是原书的前半部分。这是一部与《西游记》《封神榜》《聊斋志异》等同样辉煌灿烂、浪漫神幻、迷离多姿的中国古典小说精品。

　　船行数日，到了两面国。多九公因脚痛不能陪唐敖上街。急着想看两面国人长相的唐敖拉上林之洋匆匆进城，害得林之洋来不及换件干净、体面的衣裳，穿了件船上干活的粗布旧衣就出门了。大街上来往的都是头戴浩然巾、满面堆笑的谦和君子。

唐敖上前问路，他们见他儒巾绸衫，更显得礼貌周到、和颜悦色，对旧衣布衫的林之洋却视而不见、不屑一顾。难道这里的人只认衣帽不认人？

　　唐敖和林之洋互换了衣裳，再去试探。这次，他们对林之洋态度大变，不光满面微笑还热情有加，唐敖却被冷落在一边，正因为他穿了件旧布衫，真是可气、可恼又可笑。

　　唐敖趁他们不备，跑到那个人
背后撩起浩然巾，想看另一面藏着
什么。哇！一张青面獠牙、凶神恶
煞的嘴脸。这人发觉了，顿时张开
血盆大口，吐出一条如刀的长舌，
像要把林、唐二人给吃了。

唐敖拉起林之洋夺路便逃，二人胆战心惊地逃回船上，向多九公诉说刚才所遇险情。多九公叹息说："是呀，人有两面性，但此国人更为凶险。以后出门要处处小心，识别真假，别轻信。"

第二天，船经穿胸国。多九公介绍说，这里的人胸前原是好好的，后因心术不正，每遇事把眉头一皱，心便往外一歪。日久，心离本位，胸无主宰，竟日渐溃烂，难以医治，遂成一个大洞。

　　有巫师用狼心、狗肺来填补，过了几时，病虽医好，但那狼心、狗肺也是不正，也是歪在一边，大洞始终补不住，因此无可救药。听此一说，大家都不想上岸了。

　　不久，船到厌火国。唐敖等人上岸溜达。没走多远，迎面过来一群状如猕猴的黑人，冲着他们叽哩呱啦不知讲什么，还伸出双手索要东西。

　　唐敖等人本就不想进城，身边都没带钱物，自然无法给予。那群人却围住三人死缠强要，林之洋不由恼火，说："我们回船，不理这群黑鬼。"刚一转身，就听得众人一声大喊，个个口喷烈火，直扑过来，慌忙中把林之洋的胡须都烧了个精光。

幸好离船不远，三人迅速逃回船上。那群黑人紧追不舍，继续向着船上喷火，顿时烈焰腾空，水手们都被烧得焦头烂额。

这时，船下忽然冒出许多人鱼，口喷海水织成一片瀑布将那一团火焰压了下去。林之洋、多九公趁机取出枪支，放弹驱逐，那群黑人才仓皇逃去。

　　原来是唐敖在元股国放生的人鱼前来救援，让他们幸免于难。那群人鱼向唐敖点头致礼后慢慢离去。多九公感叹："真是通人性、有灵性的人鱼，知恩图报，今日救了我们一船人啊。"

一行人离开厌火国后又过了炎火山，途经长臂国来到翼民国。只见这儿的人个个身长五尺，头也长五尺，一张鸟嘴，两只红眼，一头白发，背生双翼，浑身碧绿。有走的，有飞的，忙忙碌碌，十分有趣。

唐敖奇怪为何他们头也长得如此之长。多九公幽默地回答："听说他们爱听奉承话，喜别人给戴高帽子，日子一长，头自然就拉长了。"

　　这时，唐敖看见几位老人骑在翼人背上飞行，飘飘扬扬的，很是快速，也提议雇人驮回船上去。于是林之洋雇了三名驮夫，三人顿时飞了起来，着实快速舒畅。

几天后，来到歧舌国。林之洋带上不少笙笛乐器，还有那只双头鸟去卖。这里的人爱好音乐，所以乐器被一抢而光。那只双头鸟也被一位官员看中愿出价买，却被官员身边的仆人用眼色阻止了林之洋，林之洋会意，坚决不卖了。

原来那官员想买此鸟去巴结太子，仆人也想从中得点好处，悄悄暗示林之洋再拖一天，主人肯定还会出更高价。林之洋想多赚钱，便听了他的。

第二天林之洋去找仆人，谁知那官员变卦了，不要此鸟了。原因是太子昨日打猎从马上摔下来，仍昏迷不醒，危在旦夕。林之洋十分懊丧。

　　林之洋叫上唐敖、多九公去街上散心，只见街上好多人围着皇榜在议论，原来国王为救太子，正悬赏名医呢。多九公看了，二话没说，上前把皇榜揭了。

见有人揭榜，马上有官员过来把多九公、林之洋等接到王宫。多九公察看了太子伤势，把随身带着的祖传神药"铁扇散"研细，用酒调和后给太子喝了下去，果然有效，太子慢慢苏醒了过来。

得知太子已痊愈，那官员又派仆人找到林之洋，愿出更高价买双头鸟。但仆人起黑心，向林之洋要一半好处费才肯付银，林之洋便与他争执起来。

林之洋叫来唐敖、多九公与仆
人评理。那仆人叽哩呱啦，强词夺
理，非要拿一半的好处费。唐、林
二人不会讲歧舌语，只好干着急。

不料，多九公也放开嗓门用当地话叽哩呱啦了一阵，那仆人居然连连作揖，把所有银两都给了林之洋。

唐敖很佩服多九公能用本地话骂赢对方。多九公说："我没骂他，只是说他欺主蒙上，要去国王那里告他，他害怕了。"林之洋笑了："多九公是救活王子的神医，你去告他，他自然怕了。"

　　离开歧舌国后，一连数日，船顺风顺水来到女儿国。唐敖听过唐三藏西天取经过女儿国被女王扣留的故事，所以害怕，不敢上岸。

多九公却劝他："唐兄不必过虑，此女儿国有男有女，只是男穿裙裾作女子，女穿靴帽当男人而已。与唐三藏所到的女儿国是两码事。"

　　林之洋觉得做大买卖的机会来了，因为男扮女所需胭脂花粉用量更大，所以他开列了一长串货单，携带了各式样品，喜滋滋地上岸做生意去了。

唐敖想这么有趣的地方应该去观光一番，于是和多九公一起进城。看那街上走着的男子，果然都是身材瘦小、走路扭捏、声音细软的女子相；而那些妇人呢，倒都是身高体壮、声音粗犷的男子相。

　　二人见一户人家门口坐着一位绣花的妇女，一头油亮的乌发插满了珠翠，葱绿的裙子下面穿一双绣花鞋，一双大手正笨拙地绣着花，抬起头时却露出满脸的络腮胡子。唐敖忍不住笑出声来了。

那妇女立刻停了手中针线，盯着唐敖看了半天，生气地骂道："你这妇人居然穿着男装上街，不但不知耻，还敢笑我？"声如破锣，吓得唐敖拔腿就跑。

　　那妇人还追出来骂："好不要脸的蹄子。"唐敖平生第一次被人如此斥骂，又气又好笑。对多九公说："今天遇上千古奇骂了。第一次被人称妇人，第一次被人骂成蹄子。"

唐敖马上担心起林之洋来，一个人提货走门串户，会不会也遭骂？他本就生得白净，又被烧去了胡子，会不会被当成妇人遭遇什么怪事？多九公劝他不必多虑。

　　二人来到闹市口，见许多人围着看皇榜。原来此国水患多年，如今又河道壅塞，水涝成灾，国王正在召赏治水能人。多九公说："唐兄若揭此皇榜，定可升官发财了。"唐敖说："我于水利一窍不通，哪像您老身怀绝技，敢大胆揭榜呢？"

天色已晚，二人回到船上，只见吕氏和婉如已在焦急等待。原来林之洋此时还未回来呢。

用过晚饭，还不见林之洋回船，吕氏着慌。多九公与唐敖提灯上岸去找，城门已关，纵百般呼喊也叫不开门，无法入城，只好等天明再寻。

　　第二天，唐敖与多九公率众水手进城找人，仍杳无音讯。接连数日，恰如石沉大海。吕氏、婉如已哭得死去活来。

　　林之洋去了哪里呢？原来那天进城后，他跑了许多大户人家，货品很受欢迎，生意很好，林之洋很是开心。

其中一富豪推荐他去国舅府，国舅又推荐他去王宫。国王正在选嫔妃，要添置大量化妆用品。林之洋一听有大生意可做，便不顾辛劳，随差役去了王宫。

　　王宫深如海。内使引路,跨玉桥,穿金门,有层层御林军守卫,好生威严。林之洋虽久经商海,但这等阵势还从未见过,心中忐忑不安。

　　内使几番进出，询问林之洋各
式物品的价格，等在宫门外的林之
洋虽觉得实在繁复，但也只能耐心
作答。内使再次出来传话："天
朝大嫂，国王命你进去，当面议
价。""大嫂？"林之洋不免一惊。

　　坐在内殿正中的国王三十岁左
右，面白唇红，颜容姣美，四周宫
娥威武雄壮，分明是男女错位，好
生别扭。

国王一面拿着货单问价，一面从上到下细细打量林之洋，看得林之洋心里直发毛，只想快点结束这笔买卖，早点回船为安。

　　御膳房奏请国王用晚膳，国王把货单交付内使，又命宫娥们请"天朝大嫂"去宾客楼用餐，务必好生款待。

奔波了一天，林之洋确又累又饿，看到一桌美酒佳宴，顿觉饥肠辘辘，也就不客气，风卷残云，吃个酒足饭饱再说。

林之洋正等着饭后结账走人，
忽见一群宫娥奔上楼来，贺喜连声：
"恭喜娘娘，贺喜娘娘。"林之洋
一下晕了："自己怎成娘娘了？"

只见宫娥有的捧凤冠霞帔，有的捧裙裾簪环，有的捧胭脂香粉，跪下说声"请娘娘更衣"，就不由分说，上前脱去林之洋的头巾、衫裤。

　　林之洋又急又羞，竭力反抗。无奈这群宫娥个个力大无比，又齐心合力，三下五去二，已把他脱个精光，一下子摁入浴盆香汤中沐浴了。

宫娥们又强行把林之洋悉心打扮起来：穿裙衫、梳发髻、戴凤钗、搽香粉、抹口红，硬生生将他变成了"王妃娘娘"。

　　林之洋恍如在做梦，恍惚中又上来几个宫娥，说"给娘娘穿耳"。还不等林之洋反应过来，手脚麻利的宫娥已左一针、右一针把两只八宝金环套进了他的双耳，疼得林之洋差点昏倒。

这时又上来几位胡子拉碴、人高马大的宫娥，手捧白绫、针线等物，粗声大气地说："禀娘娘，奉命缠足。"两个宫娥左右挟住林之洋，另两个宫娥捧住他的双足，再上来一位宫娥缠白绫，一边缠，一边缝，疼得林之洋呼天喊地，哭爹叫娘。

林之洋想抗拒却无能为力，只好央求："我是中原男子来此经商，家有妻女，求你们放我回去。"宫娥们却异口同声回答道："国王旨意，谁敢违抗。"

　　宫娥们特做了一双软底红鞋给林之洋穿上，但这时他已站不起来，更不用说走路了。宫娥们安慰劝导他说："娘娘国色，忍得一时痛，日后便有享不尽的荣华富贵呢。"

走不动，逃不脱，林之洋只好
闭目不语。宫娥见他疲乏，就侍候
他上床休息。林之洋趁宫娥们离开
将白绫扯开扔掉，双脚伸展后便在
不知不觉中沉沉睡去。

第二天早上，宫娥见白绫被扔了一地，慌忙禀报。国王大怒，命杖责二十，只打得四五大板，林之洋已皮开肉绽，鲜血淋漓。林之洋忍痛不过，只能求饶。

　　宫娥忙去禀告。国王下令："王
妃知错改过，免打。"林之洋为了
不再受皮肉之苦，只好应顺："改过，
改过。"

　　宫娥们给他敷上棒疮药，又喂他喝下定痛人参汤。等他歇息痛止后，又继续缠足，这次缠得更紧，缝得更密。林之洋万般无奈，只好听由宫娥摆布。

　　宫娥们不分昼夜轮流看守。林之洋求生不得，求死不能，想到妻女、亲友都在苦盼焦等，心如刀绞，整天以泪洗面。想不到堂堂一男子竟被折磨成柔肠寸断的弱女子似的。

为了让林之洋的两只大脚变成"金莲"，宫娥们坚持不懈，下足功夫，每日用药水熏洗，白绫裹缠，直弄得脚骨弯折，十趾腐烂。林之洋看着惨不忍睹的双足，悲从中来，痛不欲生。一时情急，推开宫娥，扔掉花鞋，只求一死。

宫娥急急禀告，国王大怒："将
王妃悬梁倒挂，看他还敢抗旨否？"
林之洋此时铁了心，硬着嘴说："你
们快点动手吧。"

　　谁知悬梁倒挂并不能速死，反
倒更受其苦，两眼直冒金星，脚疼
加头疼，冷汗直冒……林之洋又大
呼："饶命！"

　　宫娥启禀国王后将他放下。林
之洋至此再不敢违抗，一切听之任
之。待足上肉烂尽，脓血流光，只
剩几根骨头时，宫娥们大功告成，
喜颠高兴地向国王报喜邀功去了。

国王上楼看望，见林之洋一头乌发油光可鉴，两道娥眉弯如新月，一点绛唇衬着粉面，满头珠翠掩着一脸娇羞，真是楚楚动人，越看越喜欢。

　　国王扶着林之洋并肩坐下，取
出一串珍珠亲手给他戴上。林之洋
内心羞愧难当，满面通红却不敢发
作反抗。国王只道他已驯服了，依
顺了，准备择吉日成亲。

再说唐敖与多九公四处打探林之洋的消息，终于从国舅府内使口中得知林之洋的下落，居然是被选为王妃，不日就要成婚了！二人真如五雷轰顶，大惊失色。

　　吕氏闻讯后哭得昏死过去，婉
如跪求唐敖、多九公救回爹爹。众
人一起相商，如何解此燃眉之急。

　　唐敖与多九公去求国舅，愿以
一船财产救赎林之洋。国舅摇头拒
绝："此非财物所能挽救，国王已
定下吉日，万难更改。"

唐敖又写了许多申诉状递送到各衙门，但都被一一退回。

　　大街上，但见各衙、各府的锦
担礼物纷纷送向王宫，原来都是送
给新选王妃成亲的贺礼！唐敖气愤
赋诗道："溜须拍马何其多，主持
公道一个无。"

数日下来，唐敖等人一筹莫展。一天又来到闹市口，又见皇榜，唐敖灵机一动，上前揭下皇榜，果敢地说："我来自中原王朝，有治河良策，能帮贵国根治水患。"

四周百姓见有人揭榜都喜出望外，纷纷围住唐敖问长问短。唐敖当众提要求："要我治河得依我一事，得先把我的妻舅林之洋放了。"众百姓这才知道国王新选王妃的事儿，于是议论纷纷，都愿意帮唐敖去向国王请愿。

　　在唐敖的鼓动下，百姓成群结队地涌向王宫，要求国王以治河为重，放了林之洋。

多九公虽佩服唐敖为救妻舅孤注一掷的勇气，但怕他对治河一窍不通，把事情闹大了，治河办砸了，可是要掉脑袋的。唐敖却不管不顾了："如今火烧眉毛，救人要紧。"

　　这时，差役已备了轿马来接唐
敖，多九公只得充作仆人跟在后面，
好商议治河方略。

此时，王宫内外已张灯结彩。
宫娥们把新王妃林之洋打扮得花枝
招展，从宾客楼送往内宫。

　　国王在正殿上接受众嫔妃的叩贺，准备吉时成婚呢。忽听宫门外人声鼎沸，国舅仓皇入宫求见。

国舅禀报了唐敖揭榜治河，要求放回林之洋的条件，以及民情激昂，要求国王以国事为重的请愿。国王一听十分恼火，一口回绝："迎娶王妃已成定局，岂可轻易放出宫去。"

　　国舅再三苦谏，并晓之以理："王妃虽册封但尚未成亲，放他出宫，民愤得平，水灾得治，利国利民。"国王哪里肯听："我乃一国之主，难道还怕他们造反不成？"

国舅此时如热锅上的蚂蚁，见劝不动国王，只好到宫门外安抚百姓。但民愤昂然，老百姓大声责问："难道国王为了一个女子可以不顾老百姓的死活吗？"

　　这时值殿尉官奉国王之命来宫外弹压百姓，顿时哭喊声震天动地，老百姓都被激怒了，人愈聚愈多。有人大喊："与其葬身鱼腹，不如今日被国王杀了。"

国舅怕激起民变，局面难以控制，一面制止尉官动武，一面好言劝慰百姓，并保证留住揭榜人唐敖，尽快动工治河。百姓开始平静下来，并渐渐退去。

　　国王见百姓已退，让宫娥重摆
酒席，定要与林之洋喝了交杯酒，
林之洋此刻万念俱灰，加之连日来
的折磨，连酒杯都拿不住，酒洒杯倒，
人也昏死过去，弄得国王很扫兴。

八
三

　　第二天一早，众百姓将国舅府围个水泄不通，要他明确回答治河消息。国舅又急急上朝求见国王，可国王推有病不予召见。

国舅着意派兵丁给船上送去几担鸡鸭鱼肉，又给唐敖所住迎宾馆送去被褥、酒菜，让百姓相信留住了治河贵人，暗中却派兵丁层层把守，以防他们逃脱。

国舅不敢回府，坐守朝堂等国王召见。国王一则怕民变，二则林之洋死活不从，考虑再三，宣国舅商议对策，决定答应唐敖，修好河道放回林之洋。

　　国舅赶快到迎宾馆向唐敖传达王命。唐敖此时也只好临危不惧了，与国舅一起察看河道，凭自己的学识，提出疏浚河道的治理方案。

女儿国缺少铁器，唐敖装在船上的生铁正好派上大用，制造了许多治河工具。开工后，万民齐心，人人出力，唐敖指挥有度，工程进展神速。

　　林之洋也被送回宾客楼，也不
强迫他缠足抹粉了。宫娥们知道他
不再是王妃，日后要送他出宫的，
就十分懈怠了。林之洋却高兴得如
获大赦，心情好了不少。

一天，一位年轻的王子来探望他，口口声声叫他"阿母"，并告诉他唐敖揭榜治河救赎他出宫的许多消息。林之洋十分感动，总算看到了希望。

王子看宫娥们对林之洋日渐冷淡，常少饭无茶，于是日日过来照看，林之洋很是感激。

将近半月后，一日王子前来报
告喜讯，河道已修治完工，国王十
分满意，决定明天命合朝大臣送唐
敖回船，还赠送礼金万两。林之洋
明日也可出宫了。林之洋喜极而泣。

林之洋十分感谢王子这段日子
对他的照应。不料，王子见四下无
人，竟跪下来求他："儿臣今有大难，
望阿母相救。"

　　原来王子的生母前年病亡，西宫王妃专宠后，千方百计想害死他，以让自己的儿子继位。王子求林之洋带他出宫，随船远走他乡，方能保全性命。林之洋一口应允。

　　但是如何带王子出宫呢？林之洋本想让王子藏在轿内带出去，但送行时人多眼杂，王子只好借告别时附耳相托："儿臣住牡丹楼，望阿母设法速来救我。"

林之洋回到船上见到妻儿，真
是悲喜交集，抓住唐敖的手再三感
谢救命之恩，随后又把王子相助和
求救的事说了。多九公怕再生事端，
但唐敖却已答应冒险相救。

　　当天晚上，唐敖一身短打装扮和林之洋来到宫墙外。听梆声渐稀，四顾无人，唐敖驮上林之洋纵身蹿上墙头，一连越过数重宫墙，来到内宫。

依稀中见一片树林掩映着一座楼阁，林之洋知是到了牡丹楼，唐敖便驮着他轻轻地跳落下去。

　　不料树林里突然跳出两只大犬，狂吠不止，死死咬住了二人的衣服。

眼看着更夫、守卫都提着灯笼
赶了过来，唐敖挣脱大犬一蹿上墙，
隐藏了起来。林之洋却被大犬死死
咬住，逃脱不得，被逮个正着。

众人赶到，提灯一照："原来是个女贼！"其中一个宫人说："这不是女贼，是国王新立的王妃。"于是众人押着林之洋去见国王。

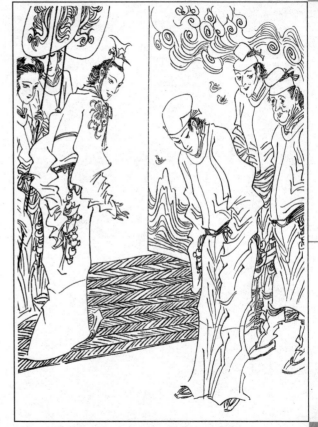

国王与嫔妃夜宴刚毕，酒醉蒙眬，见林之洋回宫，以为他留恋富贵又回心转意了，也不计较，让宫娥们仍送他去宾客楼上，先换装住下。

　　林之洋将错就错，沐浴更衣后对宫娥们说："这次是我自己回来，以后一切都要听我的。"宫娥们诺诺连声。

林之洋与宫娥们约法三章：一、缠足、化妆等他自己动手，不劳宫娥。二、王子来探望，宫娥一律回避。三、夜间睡觉，宫娥只在门外守护，不得入内。宫娥们不敢得罪王妃，齐声答应。

三更鼓后，林之洋听到窗户外
有弹指声，知唐敖返回，便轻声说：
"今夜你先回去，明日若见楼上挂
红灯，再来相救。"

　　第二天，王子闻讯前来探望，共同商量对策。这日正好是王子生日，便决定以送宴席为由支开宫娥，以便行动。

掌灯时分，林子洋让御膳房备一桌酒菜，以祝贺王子生日为名，让宫娥们送去牡丹楼。宫娥们全去喝酒贺寿，王子热情劝酒，宫娥们乐不可支，开怀畅饮。

林之洋开窗挂上红灯，唐敖等
在窗外。王子借口离席，匆匆赶到
楼上。见王子已到，唐敖一蹿而入。

事不宜迟，唐敖驮起林之洋，怀挟王子，纵身跳上高墙，一口气蹿出宫墙外。又借着月色，越过城墙，回到船上。

众人相见，皆大欢喜。王子换
上女装，拜林之洋夫妇为父母，与
婉如结拜为姐妹。多九公怕夜长梦
多，催着开船，速速离开女儿国。

长风破浪，连行数日，又过了许多小国。一日突遇狂风大作，波浪滔天，那船顺风吹去，一连三日，竟不知漂到了何处。

　　终于风住了，众水手费尽全力将船泊到一个山脚下。走出舱外，但见满目青光，黛色参天。多九公惊呼："此乃海外极南之地，若非风暴，怎能到此！此地有个海岛，叫小蓬莱。不知可是？"

多九公说着便与唐敖往山上走去，不多时，迎面有一石碑，正刻有"小蓬莱"三个字。果见仙鹤翔天，麋鹿骋野，青山秀水，唐敖感觉仿佛已入仙境。

可惜林之洋因女儿国所受折磨
病倒在床，不能一起上山。唐敖与
多九公寻幽觅胜，一路松柏飘香，
泉流鸣琴，云烟袅袅，仙气荡漾。
唐敖流连忘返，不想回船了。

第二天一早，唐敖也不叫多九公，一个人又上了山。到天色将晚，还不见回船，多九公不由担心起来。

　　第三天，还不见唐敖回船，林之洋只好抱病起床，一起上山去寻找。多九公猜测说："只怕唐敖兄起了求道成仙之念，不想返回红尘了。"

一连数日，难觅唐敖踪影。眼看船上粮食将尽，水手们都要求开船。林之洋不忍放弃，于是和多九公再上一次山。仔细搜寻，结果在一处石壁上看到唐敖留下的一首诗：

逐浪随波几度秋，

此身幸未付东流。

今朝才到源头处，

岂肯操舟复出游。

多九公的猜测成真，唐敖是不愿回去了。

林之洋失声痛哭，这回去如何向亲人交代？多九公劝道："唐兄仙缘不浅，这一路上吃肉芝，服朱草，已非常人。他此番远游实为寻仙访道，如今来到蓬莱仙境，找到了归宿。我们应成全他才是。"

次日，扬帆起程，众人望着蓬莱仙岛，想着唐敖的种种好处，无不泪落襟衫，无限感慨。半年后，他们才返回岭南，回到故乡。